insel taschenbuch 3258
Elizabeth von Arnim
Der Garten der Kindheit

Elizabeth von Arnim
Der Garten der Kindheit

Aus dem Englischen
von Leonore Schwartz
Insel Verlag

insel taschenbuch 3258
Erste Auflage 2007
Insel Verlag Frankfurt am Main und Leipzig

Hinweise zu dieser Ausgabe am Schluß des Bandes
Vertrieb durch den Suhrkamp Taschenbuch Verlag
Umschlag nach Entwürfen von Willy Fleckhaus
Druck: Druckhaus Nomos, Sinzheim
Printed in Germany
ISBN 978-3-458-34958-7

1 2 3 4 5 6 – 12 11 10 09 08 07

Der Garten der Kindheit

I

Als das graue Novemberwetter kam und seine weichen, dunklen Wolken tief und ohne Aufhellung über das Braun der gepflügten Felder und das lebhafte Smaragdgrün der Äcker mit Wintergetreide hängte, weckte die lastende Stille in meinem Herzen eine verzweifelte Sehnsucht nach den guten Dingen der Kindheit, den Liebkosungen, dem Trost, dem wärmenden Glauben an die unfehlbare Weisheit der Erwachsenen. Ein starkes Bedürfnis, mich irgendwo anzulehnen, und ein großer Überdruß an Unabhängigkeit und Verantwortlichkeit ergriffen von meiner Seele Besitz. Und als ich mich in dieser flüchtigen Anwandlung nach Trost und Beistand umsah, trieben mich die Leere der Gegenwart und die Ungewißheit der Zukunft zurück zur Vergangenheit mit all ihren Geistern. Warum sollte ich nicht hingehen und mir das Haus ansehen, wo ich geboren wurde und wo ich so lange gelebt hatte, wo ich so unbeschreiblich selig, so tief traurig, so dicht am Himmel, so nah an der Hölle, immer entweder hoch oben auf einer lichten Wolke oder ganz unten in der Tiefe war, wo die Fluten der Verzweiflung über mir zusammenschlugen? Dort wohnten jetzt Verwandte, entfernte Verwandte, geliebt in genau dem Maß, das ich für Verwandte aufbringe, die an meiner Statt regieren; Verwandte mit Sinn fürs Praktische, welche die Blumenbeete umgegraben und da, wo einst Rosen blühten, Kohl gepflanzt haben.

Und obwohl ich durch all die Jahre seit dem Tod meines Vaters den Kopf so hoch getragen habe, daß es weh tat, und es hochmütig abgelehnt habe, auf ihre wiederholten Vorschläge, mein altes Zuhause zu besuchen, einzugehen, zog irgend etwas in der trüben Lustlosigkeit der Novembertage meine Gedanken so nachdrücklich zurück in die alten Zeiten, daß ich es nicht beiseite schieben konnte, und ich erwachte aus meinen Grübeleien, überrascht von dem Gefühl, krank vor Sehnsucht zu sein.

Es ist zwar töricht, aber nur natürlich, sich mit seinen eigenen Verwandten zu zerstreiten, und besonders töricht und natürlich, wenn sie nichts getan haben und lediglich Opfer des Zufalls sind. Ist es denn ihre Schuld, daß allein die Tatsache, daß ich kein Junge war, ihnen die Schuhe zuschob, in die eigentlich ich hätte treten sollen? Ich weiß, daß es nicht so ist. Aber ich kann sie wegen ihrer Schuldlosigkeit nicht inniger lieben. »*Noch ein dummes Frauenzimmer!*« schrie mein Vater, als ich das Licht der Welt erblickte – er hatte schon drei davon, und ich war seine letzte Hoffnung gewesen –, und ein *dummes Frauenzimmer* bin ich seither geblieben. Einzig aus diesem Grund wollte ich seit Jahren nichts mit den besitzenden Verwandten zu tun haben, und allein deshalb genügte mir in den letzten Tagen der sanfte Einfluß des Wetters, das rein sentimentale Verlangen, meiner Kindheit wieder einmal die Hand zu reichen, um all meinen Stolz in den Wind zu schlagen und mich ohne Vorwarnung oder Einladung zu meiner Pilgerfahrt aufzumachen.

Ich habe schon immer eine Vorliebe für Pilgerfahrten gehabt, und hätte ich im Mittelalter gelebt, ich wäre die meiste Zeit unterwegs nach Rom gewesen. Die Pilger ließen all ihre Sorgen zu Hause, die Angst um ihre Reichtümer und ihre Schulden, die bekümmerte Ehefrau und die störenden Kinder, und nahmen nur ihre Sünden mit, indem sie ihren Verpflichtungen den Rücken kehrten, trugen nur diese einzige Bürde mit sich und vielleicht ein fröhliches Herz. Beim Aufbruch an einem schönen Morgen – wie fröhlich wäre da mein Herz gewesen, den Geruch des Frühlings in der Nase, gestärkt von der Zustimmung jener, die ich zurückließ, begleitet von den frommen Segenswünschen der Familie, mich mit jedem Schritt weiter von den erstickenden Alltagspflichten entfernend, hinaus in die frische, weite Welt, hinaus in die herrliche, freie Welt, so arm, so reuig und so glücklich! Noch heute ist es mein Traum, wochenlang mit einer lieben Freundin von Ort zu Ort zu wandern, gemächlich, ohne vorgeplante Route und ohne Ziel, frei, den ganzen Tag weiterzugehen oder den ganzen Tag zu verweilen, ganz wie wir wollen.

Doch die Frage des Gepäcks, dem einfachen Pilger unbekannt, ist einer der Felsen, an denen meine Pläne Schiffbruch erlitten, und der andere ist ein gewisser Einspruch der Angehörigen, die, da sie selbst nicht gern wandern und Mittagsschläfchen unter einer Hecke kaum nach ihrem Geschmack sind, ganz sicher meine Pläne, noch bevor sie herangereift wären, mit dem Aufschrei ehrlichen Entsetzens lahmgelegt hätten: »Wie unangenehm, wenn du jemanden träfest, den du kennst!« Die Angehörigen vor fünfhundert Jahren hätten wohl einfach nur gesagt: »Wie heiligmäßig!«

Mein Vater hatte dieselbe Vorliebe für Pilgerfahrten – es ist in der Tat offenkundig, daß ich sie von ihm habe –, und er bestärkte sie in mir, als ich klein war, indem er mich auf seine frommen Fahrten zu den Orten mitnahm, wo er als Junge gelebt hatte. Oft waren wir zusammen in seiner Schule in Brandenburg und verbrachten vergnügte Tage mit Spaziergängen durch die alte Stadt am Ufer eines der Seen, deren Kette sich durch die weite, grüne Ebene zieht; und oft waren wir in Potsdam, wo er als Leutnant stationiert war. Mit der Pilgerfahrt nach Potsdam verbanden sich Stunden in den umliegenden Wäldern und in den Gärten von Sanssouci, wobei mein Vater den zweiten Band von Carlyles »Frederick« unter dem Arm trug. Oft verbrachten wir lange Sommertage bei dem Haus in der Mark, am Kopf derselben blauen Seenkette, wo seine Mutter ihre Jugendjahre verbracht hatte und wo wir, obwohl es damals, wie alles, was zu besitzen wert war, Verwandten gehörte, nach Belieben herumwandern konnten, denn es war leer. Wir saßen in den Fensternischen der unmöblierten Räume, und die gemalten Venusfiguren und Cupidos lächelten nichtssagend weiter und hielten vergeblich ihre Kränze über die Leere darunter. Und während wir saßen und uns ausruhten, erzählte mir mein Vater, wie schon meine Großmutter hundertmal mir erzählt hatte, alles, was sich in diesen Zimmern vor langer Zeit abgespielt hatte, als die Leute tanzend und singend und lachend durchs Leben gingen und niemals jemand alt oder traurig zu sein schien.

Einen Steinwurf entfernt von dem hohen Eisentor war und ist immer noch ein Gasthaus mit zwei uralten Lindenbäumen davor, wo wir nach unserer Ankunft an einem kleinen Tisch mit einer rot- und blaukarierten Decke zu Mittag aßen, und die Lindenblüten fielen in unsere Suppe, und die Bienen summten im duftenden Schatten über uns. Während ich schreibe, liegt ein Bild des Hauses neben mir, in alten Zeiten vom See aus gemalt, mit einem Boot voll gepuderter Damen in Reifröcken im Vordergrund und einem jungen Burschen, der Gitarre spielt. Die Pilgerfahrten dorthin gefielen mir am besten.

Doch die Geschichten, die mein Vater mir erzählte – manchmal etwas merkwürdige Geschichten für ein junges Mädchen –, wenn wir durch die hallenden Räume schritten oder uns über die Steinbalustrade lehnten und die Fische im See fütterten, oder die blassen Heckenrosen pflückten, oder im Boot in einer schattigen, schilfbewachsenen Bucht lagen und er rauchte, um die Mücken fernzuhalten, waren schließlich nur Überlieferung, die mir in kleinen Dosen von Zeit zu Zeit eingeflößt wurde, wenn sein ernsthaftes Bestreben, seine Bemerkungen nicht über jenen Grad von Langweiligkeit hinausgehen zu lassen, der für *Backfische* schicklich schien, neutralisiert wurde durch den Impuls, seine Gedanken mit jemandem zu teilen, der mit ihm lachen würde. Während der andere Ort, das Ziel meiner neuesten Pilgerfahrt, angefüllt war mit lebendigen, eigenen Erinnerungen an all die verzauberten Jahre, die zwischen dem zweiten und dem achtzehnten Lebensjahr liegen. Wie zauberhaft diese Jahre sind, wird mir immer klarer, je älter ich werde. Seither hat es nichts gegeben, was im entferntesten damit vergleichbar wäre. Und obwohl das meiste, was sich vor sechs Monaten ereignet hat, schon wieder meinem Gedächtnis entschwunden ist, hat sich jedes Ereignis, fast jeder einzelne Tag in diesen wunderbaren, langen Jahren vollkommen deutlich meinem Gedächtnis eingeprägt.

Doch ich hatte mich eigensinnig, stolz, unfreundlich, ganz und gar verwandtschaftlich gegenüber den Besitzenden benommen. Es kamen keine Einladungen mehr, mein altes Zuhause zu besuchen. Die Verwandten waren meiner Absagen müde geworden und ließen mich in Ruhe. Ich wußte nicht einmal, wer jetzt dort wohnte, so lange war es her, daß ich irgendwelche Neuigkeiten gehört hatte. Zwei Tage lang kämpfte ich gegen den starken Wunsch an, dorthin zu gehen, der mich so plötzlich ergriffen hatte, und ich versicherte mir, ich würde nicht gehen, es wäre absurd zu gehen, unwürdig, sentimental und dumm; daß ich sie nicht kannte und mich in eine unangenehme Lage bringen würde und daß ich alt genug sei, um vernünftig zu bleiben. Doch wer kann von einer Stunde zur nächsten voraussagen, was eine Frau tun wird? Und wann bleibt sie vernünftig? Am dritten Morgen machte ich mich so hoffnungsvoll auf den Weg, als wäre es das Natürlichste von der Welt, bisher beharrlich vernachlässigten Verwandten unerwartet ins Haus zu fallen und zu erwarten, von ihnen mit offenen Armen empfangen zu werden.

Es war eine umständliche Reise, die mehrere Stunden dauerte. Während des ersten Teils, als es noch dunkel war, glühte ich vor Begeisterung, vor Abenteuerlust, vor Freude über die Aussicht, den geliebten Ort bald wiederzusehen. Und ich dachte verwundert an die langen Jahre, die ich hatte vorübergehen lassen, seit ich das letzte Mal dort gewesen war. Ich überlegte mir überhaupt nicht, was ich zu den Verwandten sagen und wie ich mich ihnen vorstellen sollte. Der Pilgergeist war über mich gekommen, jener Geist, fern allem Praktischen, der sich um nichts sorgt, sondern einfach dahinwandert, seine eigenen Gefühle genießend. Es war ein stiller, trauriger Morgen, und es herrschte dichter Nebel. Als ich im Wagen der Kleinbahn saß, die durch das meinem alten Zuhause nächstgelegene Dorf führte, hatte mein erster Enthusiasmus sich gelegt, und ich war nun in einem Zustand, in dem ich die Veränderungen, die in den letzten zehn Jahren stattgefunden hatten, einer kritischen Prüfung unterzog. Es war so neblig, daß ich vom Fenster des Zugabteils aus nichts von der vertrauten Landschaft sehen konnte, nur wie Gespenster die Kiefern am Waldrand. Doch die Eisenbahn selbst war etwas Neues, unbekannt zu meiner Zeit, als wir mehr als zehn Kilometer weit über ausgefahrene, sandige Waldwege zum Bahnhof und zurück zu fahren pflegten, und obwohl die meisten Leute von einer sichtbaren und großen Verbesserung sprechen würden, war es doch eine Neuerung, die zweifellos dem Eifer und der Energie des regierenden Verwandten zuzuschreiben war. Und wer war er, dachte ich, daß er mehr Bequemlichkeit brauchte, als mein Vater für nötig befunden hatte? Sinnlos, mir zu sagen, daß zu meines Vaters Zeit die Epoche der Kleinbahnen noch nicht angebrochen war und wir, wenn es der Fall gewesen wäre, unser möglichstes getan hätten, uns eine anzuschaffen. Er war mir eben widerwärtig, der Gedanke, daß mein Verwandter zuerst in meine

Schuhe getreten war und sie dann auch noch geändert hatte. Als ich schließlich vom Bahnhof aus den Hügel hinaufstieg, hatte ich auch dieses Gefühl überwunden und war in einen dritten Zustand geraten, in dem ich mich voll Unbehagen fragte, was in aller Welt ich als nächstes tun sollte. Wo war der unerschrockene Mut, mit dem ich aufgebrochen war? Oben auf dem ersten Hügel setzte ich mich nieder, um diese Frage genau zu überlegen, denn ich war jetzt schon sehr nah beim Haus und fand, ich solle mir etwas Zeit lassen. Wirklich, wo waren mein Mut und meine Freude vom Morgen geblieben? Sie waren so vollständig verschwunden, daß ich nur annehmen konnte, es sei Zeit zum Mittagessen. Die Beobachtungen von Jahren hatten mich zu der Entdeckung geführt, daß höhere Gefühle und Tugenden sich angstvoll verflüchtigen, wenn das Mittagessen naht, und keine flieht schneller als der Mut. So packte ich das Essen aus, das ich mitgebracht hatte, und hoffte, das sei es, was mir fehlte, aber es war kalt, es bestand aus Butterbroten und Birnen, und es mußte unter einem Baum am Feldrand verzehrt werden. Und es war November, der Nebel dichter denn je und sehr feucht – das

Gras war naß davon, der hagere Baum war naß, ich war naß und die Butterbrote auch. Unter solchen Bedingungen kann kein Mensch seine gute Laune bewahren. Und als ich die durchgeweichten Butterbrote aß, verwünschte ich mit jedem Bissen mehr den ungestümen Mut, der mich aus meinem warmen, trockenen Heim, wo man mich zu schätzen wußte, herausgerissen, mich zuerst zu dem nassen Baum im nassen Feld geleitet hatte und mich, sobald ich mein Essen und meinen kalten Nachtisch in Form von kalten Birnen aufgegessen hätte, mitten in einen Kreis von nicht darauf eingerichteten und erstaunten Verwandten zerren würde. Ein paar Meter entfernt tauchten große Schafe drohend aus dem Nebel auf. Der Schäferhund kläffte aufreizend und unaufhörlich. Im Dunst konnte ich kaum erkennen, wo ich war, obwohl ich wußte, hundertmal hatte ich als Kind dort gespielt. Wie bei Frauen so üblich, wenn sie es nicht ganz und gar warm und gemütlich haben, fing ich sofort an, die Ungewißheit des Lebens zu bedenken und düster mit dem Kopf zu nicken, als klägliche Zeilen pessimistisch gestimmter Gedichte sich zu Wort meldeten.

Nun, es ist entschieden wünschenswert, das, was man tun will, so zu tun, wie es die guten Sitten verlangen, besonders wenn man eine Frau ist. Das Rattern einer Kutsche auf der Straße direkt hinter mir und die Tatsache, daß ich aufsprang und mir plötzlich ganz heiß wurde, ließen diese Wahrheit in meine Seele dringen. Der Nebel verbarg mich, und die Kutsche, zweifellos voll von Verwandten, fuhr weiter in Richtung des Hauses. Aber in welch absurder Lage war ich! Angenommen, der Nebel hätte sich gelichtet und mich beim Mittagessen im Nassen auf ihrem Grund und Boden enthüllt, die Cousine mit den kurzen, hochfahrenden Briefen, die *unangenehme Elizabeth*! »*Die war doch immer verdreht*«, konnte ich mir vorstellen, wie sie einander hastig zumurmelten, bevor sie sich mir mit breitem Willkommenslächeln näherten. Ich war ziemlich erschüttert von diesem knappen Entkommen, und ich sprang auf die Füße, begrub die Überreste meines Essens in dem gigantischen Maulwurfshügel, auf dem ich gesessen hatte, und fragte mich nervös, was ich nun vorhätte. Sollte ich zurück zum Dorf wandern, in den *Gasthof* gehen, einen Brief schreiben, in dem ich flehentlich um die Erlaubnis bat, meine Verwandten aufsuchen zu dürfen, und warten, bis ich Antwort bekam? Das hieße, einen vorsichtigen und nüchternen Kurs einschlagen; es war das Zweitbeste, wenn ich schon nicht vor meinem Aufbruch geschrieben hatte. Aber der Gasthof in einem norddeutschen Dorf ist etwas Abscheuliches, und die Erinnerung an einen, in den ich mich vor einem Gewitter geflüchtet hatte, war in mir noch so lebendig, daß mein ganzes Wesen dagegen rebellierte. Der Nebel übrigens wurde immer dichter. Jeder Pfad und jede Pforte hier waren mir bekannt. Was wäre, wenn ich jede Hoffnung, das Haus wiederzusehen, aufgäbe, durch das kleine Tor in der Mauer ganz am Ende des Gartens ginge und mich für diesmal damit begnügte? Bei diesem Wetter könnte ich ungestört herumstreifen, ohne das geringste Risiko, gesehen zu werden oder auf meine Verwandten zu treffen, und schließlich war es ja der Garten, der meinem Herzen am nächsten lag. Was für eine Freude es wäre, mich ungesehen da hineinzuschleichen und alle die Winkel aufzusuchen, an die ich mich so gut erinnerte, dann einfach wieder hinauszuschlüpfen und ungeschoren davonzukommen, ohne daß Erklärungen, Versicherungen, Beteuerungen nötig wären, ohne herzliche Gefühle zeigen zu müssen: mit einem Wort, ohne jene ermüdende Form von Unterhaltung, bekannt als *Redensarten*, wie sie Verwandten so teuer ist.

Der Nebel führte mich in Versuchung. Wäre es ein schöner Tag gewesen, ich glaube, ich wäre nach reiflicher Überlegung in den Gasthof gegangen und hätte einen versöhnlichen Brief geschrieben. Aber die Versuchung war zu groß, sie war ganz unwiderstehlich, und innerhalb von zehn Minuten hatte ich das Törchen gefunden, es nicht ohne Schwierigkeiten geöffnet und stand mit klopfendem Herzen im Garten meiner Kindheit.

Ich frage mich jetzt, ob ich jemals wieder eine Spannung so stark empfinden werde wie die, die mich in diesem Augenblick erfüllte. Zunächst einmal war ich ein Eindringling, was an sich schon spannend ist. Doch um wieviel spannender ist es, in etwas einzudringen, was ebensogut der eigene Besitz hätte sein können, was tatsächlich jahrelang der eigene Boden gewesen war und wo man sich in der tödlichen Gefahr befand, die rechtmäßigen Besitzer, mit denen man allerdings verzankt war, um die Ecke kommen zu sehen und sie mit distanzierter und abschreckender Höflichkeit sagen zu hören: »Ich glaube nicht, das Vergnügen gehabt zu haben . . . ?« Alles war unverändert. Ich stand inmitten des geheimnisvollen Gewirrs kleiner Pfade, das dort schon immer gewesen war. Sie wanden sich auf beiden Seiten durchs Gebüsch, mit den braunen Spuren jüngst vergangener Schritte auf ihren grünen Flecken, genau wie zu meiner Zeit. Die riesigen Fliederbüsche trafen sich noch immer über meinem Kopf. Die Feuchtigkeit tropfte von demselben Mauervorsprung auf die durchweichten Blätter darunter, wie es auch an den Nachmittagen in all jenen vergangenen Novembern gewesen war. Dies war es, dieses feuchte und düstere Gehölz, das ganz allein mir gehört hatte. Niemand kam je hierhin, denn im Winter war es zu trübselig und im Sommer so voller Mücken, daß nur ein *Backfisch*, dem Mückenstiche egal waren, es ertragen konnte. Aber es war der Ort, wo ich unbeobachtet spielen, wo ich stundenlang ohne Unterbrechung auf und ab wandern und Luftschlösser bauen konnte. In einer dunklen Ecke befand sich eine muffige, kleine Laube, frequentiert von größeren schwarzen Nacktschnecken, wo ich herrliche Nachmittage mit Pläneschmieden verbrachte, und wenn auch nichts daraus wurde, was machte das schon? Allein das Schmieden war ein Vergnügen. Für mich war dieser entlegene Winkel stets ein wunderbarer und geheimnisvoller Aufenthalt gewesen, wo meine Luftschlösser dicht nebeneinander in strahlenden Reihen standen und wo ich die seltsamsten und aufregendsten Abenteuer bestand. Denn die Stunden, die ich dort zubrachte, und die Leute, die ich dort traf, waren alle verzaubert.

Ich vergaß ganz die Existenz der Verwandten, als ich dort stand und mich glücklich umsah. Ich hätte vor Freude, wieder hier zu sein, weinen können. Es war das Haus meiner Väter, das Haus, das meines hätte sein können, wäre ich ein Junge gewesen, das Haus, das auch jetzt noch meines war durch tausend zärtliche und glückliche und unselige Gedanken, von denen die Eigentümer nicht einmal träumen konnten. Sie wohnten zwar hier, aber es war *mein* Heim. Ich warf die Arme um den Stamm einer tropfnassen Kiefer, von der ich jeden einzelnen Ast in Erinnerung hatte, denn war ich nicht unzählige Male hinaufgeklettert und heruntergefallen und hatte mir dabei Verletzungen und Verstauchungen geholt? Ich gab ihr einen so herzlichen Kuß, daß Nase und Kinn ein einziger grüner Fleck wurden, und es machte mir immer noch nichts aus. Weit davon entfernt, erfüllte es mich mit einem hemmungslosen *Backfisch*vergnügen, mich dreckig zu machen, ein Gefühl, das ich seit Jahren nicht mehr gekannt hatte. Alice im Wunderland hätte, nachdem sie den Inhalt der Zauberflasche getrunken hatte, nicht plötzlicher klein werden können als ich jung in dem Augenblick, da ich die magische Pforte durchschritten hatte. Schlechte Gewohnheiten hängen uns jedoch mit solcher Beständigkeit an, daß ich mechanisch mein Taschentuch herauszog und anfing, den Willkommensdreck abzuwischen, etwas, wovon ich in den glanzvollen Tagen von früher nie auch nur geträumt hätte. Aber ein künstlicher Veilchengeruch an meinem Taschentuch brachte mich zur Vernunft, und mit einem plötzlichen Impuls der Verachtung – der schönen Verachtung für Parfum, wie jeder ehrliche *Backfisch* sie hat – rollte ich es zu einem Ball zusammen und schleuderte es in die

Büsche, wo es, wage ich zu behaupten, noch heute liegt. »Weg mit dir«, schrie ich, »weg mit dir, du Symbol der Konvention, der Sklaverei – du frönst dem Wunsch zu gefallen, weg mit dir, du elender, kleiner, spitzenumhäkelter Fetzen!« Und so jung war ich in den wenigen Minuten geworden, daß ich mir nicht einmal albern dabei vorkam.

Als *Backfisch* hatte ich nie Taschentücher benutzt – das Naturkind verschmäht es, die Nase zu putzen –, obwohl um des Anstands willen meine Gouvernante darauf bestand, mir am Sonntag ein riesiges, sauberes, deftig gewebtes zuzustecken. Ich stopfte es, ohne es aufzufalten, in die unterste Ecke meiner Tasche, wo es von dem anderen Tascheninhalt, nämlich Messern, allmählich zu einer wunderbaren Kompaktheit zusammengedrückt wurde. Ich weiß noch, daß das Taschentuch am Sonntag wieder ans Tageslicht befördert wurde, um Platz für seinen Nachfolger zu machen, und da es nachweislich vollkommen sauber war, einigten wir uns darauf, daß es nur am ersten und dritten Sonntag im Monat gewechselt werden sollte, unter der Bedingung, daß ich versprach, es an den anderen Sonntagen umzudrehen. Meine Gouvernante sagte, die äußeren Falten würden schmutzig durch die bloße Berührung mit dem, was ich sonst noch in der Tasche hätte, und Besucher könnten möglicherweise die beschmutzte Seite, falls sie nicht umgedreht würde, zu Gesicht bekommen, wenn ich mir in ihrer Gegenwart die Nase putzen wollte, und man habe kein Recht, seine Besucher zu schockieren. »Aber ich will doch auf keinen Fall ... «, begann ich mit großem Ernst. »*Unsinn*«, sagte meine Gouvernante und schnitt mir das Wort ab.

Nachdem sich der erste Rausch der Freude, wieder hier zu sein, gelegt hatte, machte mir die tiefe Stille in dem tropfenden, kleinen Gehölz angst. Es war so still, daß ich fürchtete, mich zu bewegen; so still, daß ich jeden Wassertropfen zählen konnte, der von der nässenden Mauer fiel; so still, daß ich, wenn ich lauschend den Atem anhielt, von meinen eigenen Herzschlägen betäubt wurde. Ich machte einen Schritt in die Richtung, wo die Laube sein sollte, und das Rascheln und Knistern meiner Kleider ließ mich vor Schreck erstarren. Das Haus war kaum hundert Meter entfernt, und wäre jemand in der Nähe gewesen, so hätte der Lärm, den ich beim Öffnen des quietschenden Törchens und mit der dummen Rede an mein Taschentuch gemacht hatte, bereits bemerkt werden müssen. Angenommen, ein neugieriger Gärtner oder ein ruheloser Verwandter tauchte plötzlich aus dem Dunst auf und stürzte sich auf mich? Angenommen, Fräulein Wundermacher würde sich auf einmal von hinten anschleichen, unhörbar in ihren Gummischuhen, und würde mit ihrem üblichen triumphierenden *»Jetzt halte ich dich aber fest!«* meine Luftschlösser zum Einsturz bringen? Aber was dachte ich mir da aus? Fräulein Wundermacher, groß und mächtig, eine Feindin meiner Tagträume und Freundin des *Praktischen*, eine solche Liebhaberin des kreatürlichen Behagens, sie war schon seit langem tot. Andere Gouvernanten hatten ihre Nachfolge angetreten, manchmal Deutsche, manchmal Engländerinnen und zwischendurch auch Französinnen. Und sie alle waren, eine nach der anderen, verschwunden, und ich stand hier als einsamer Geist. »Komm, Elizabeth«, sagte ich ungeduldig zu mir selbst, »wirst du jetzt auch noch sentimental wegen deiner Gouvernanten? Wenn du dich schon für einen Geist hältst, sei zumindest froh, daß du ein einsamer bist. Würdest du dir denn wünschen, daß die Geister all dieser armen Frauen, die du gequält hast, hier an diesem düsteren Ort gegen dich aufstehen? Und hast du übrigens vor, hier zu stehen, bis man dich ertappt?«

Und so trieb ich mich zum Handeln, erkannte, wie groß das Risiko war, das ich mit meinem Zögern heraufbeschwor, und lief den kleinen Pfad hinunter, der zu der Laube und zum Hauptteil des Gartens führte, zugegebenermaßen auf Zehenspitzen und überaus geängstigt vom Rascheln meiner Unterröcke, aber entschlossen, zu sehen, was ich zu sehen gekommen war, und mich nicht von Phantomen verscheuchen zu lassen.

Mit welchem Bedauern dachte ich in diesem Moment an die Unterröcke meiner Kindheit, die kurz, geräuschlos und ganz aus Wolle waren! Und wie geeignet waren die Segeltuchschuhe mit Gummisohlen, um lautlos herumzuschleichen! Dank ihnen konnte ich stets schnell und ungehört zu meinen Verstecken laufen, dort bleiben und hören, wie der Garten widerhallte von den Rufen: »Elizabeth! Elizabeth! Komm sofort herein zum

Unterricht!« oder, zu einer anderen Zeit: »*Ou êtes-vous donc, petite sotte?*« oder: »*Warte nur, wenn ich dich erst habe!*« Kamen die Stimmen um eine Ecke, dann verschwand ich mit meinen lautlosen Kleidern um die andere, und nur Fräulein Wundermacher, eine scharfsinnige Person, entdeckte, daß sie zu meiner Überlistung nichts anderes brauchte als Gummischuhe. Sie kaufte sich ein Paar, verschwendete keinen Atem damit, mich zu rufen, kam leise an mich heran, indes ich, in falsche Sicherheit gewiegt, dastand und versunken ein Eichhörnchen oder ein Rotkehlchen beobachtete, und packte mich, was meinen Nerven gar nicht guttat, von hinten bei den Schultern. Während ich im Nebel daherschlich, blickte ich mich ein- oder zweimal unbehaglich um, so lebendig war diese beunruhigende Erinnerung. Und auch der Griff an die sorgfältig gelegten Wellen und Locken, aus denen das besteht, was meine Zofe meine *Frisur* nennt und was den riesigen Abstand zwischen Gegenwart und Vergangenheit kennzeichnet, machte mich nicht sicherer. Immerhin war es ein- oder zweimal vorgekommen, daß Fräulein Wundermacher mich – peinlich, es wiederzugeben und sich daran zu erinnern –, um mich nicht entkommen zu lassen, an dem langen Zopf packte – das englische Wort dafür war pigtail, hatte man mir gesagt –, an dessen anderem Ende ich befestigt war, just in dem Moment, wo ich von ihr weg in die Büsche sprang. Und so hat sie mich im Triumph nach Hause geführt, sich an dem Seil aus Haar festhaltend und mit dem breiten Lächeln besonderer Zufriedenheit murmelnd: »*Diesmal wirst du mir aber nicht entschlüpfen!*« Fräulein Wundermacher, jetzt fiel es mir ein, muß eine Humoristin gewesen sein. Ganz bestimmt war sie eine kluge und tüchtige Frau. Doch in diesem Augenblick wünschte ich mir, sie möge mich nicht so beharrlich verfolgen und ich könnte das Gefühl loswerden, sie sei in ihren Gummischuhen direkt hinter mir und strecke die Hand aus, um nach mir zu greifen.

Als ich zu der Laube kam, blickte ich in ihre feuchten Nischen und fuhr erschreckt zurück. Ich dachte, ich sähe die strengen Augen meines Großvaters in der Dunkelheit leuchten. Es war klar, daß meine Angst, die Verwandten könnten mich entdecken, heftig an meinen Nerven zerrte, denn von

Natur aus hatte ich nicht die Neigung, Augen zu sehen, wo keine Augen sind. »Sei nicht dumm, Elizabeth«, murmelte meine Seele mit ziemlich schwacher Stimme, »geh hinein und schau nach!« – »Aber ich möchte nicht gern hineingehen und nachsehen«, erwiderte ich. Trotzdem brachte ich genug Mut auf, um hineinzugehen, und glücklicherweise verschwanden die Augen. Ich kann mir nicht ausdenken, was ich anderenfalls getan hätte. Geister sind etwas, über das ich am Tag lache und wovor ich mich nachts fürchte, aber ich glaube, sollte ich einmal einen treffen, ich würde sterben. Die Laube war verfallen, völlig morsch. Mein Großvater hatte sie aufstellen lassen, und eine Zeitlang erfreute sie sich, wie andere Gebäude auch, hohen Ansehens, bevor man sie der Verwüstung durch Schnecken und Kinder überließ. Damals kam er im Sommer jeden Nachmittag hierher, trank seinen Kaffee, las die *Kreuzzeitung* und döste vor sich hin, während wir anderen auf Zehenspitzen gingen und nur die Vögel zu singen wagten. Sogar die Mücken, die es dort in Schwärmen gab, hielten sich ehrfürchtig zurück und stachen ihn nicht. Sie haben ihn tatsächlich nie gestochen, woraus ich den natürlichen Schluß zog, dies müsse so sein, weil er sich solche Vertraulichkeiten verbeten habe. Obwohl ich dort noch lange nach seinem Tod gespielt habe, übersprang mein Gedächtnis die ganzen Jahre und wanderte zurück zu den Tagen, als die Laube ausschließlich ihm gehörte. Ich stand genau auf dem Platz, den früher sein Sessel eingenommen hatte, und spürte, wie gut ich ihn heute von jenen Eindrücken her kannte, die er damals meinem kindlichen Gemüt machte, obgleich sie mir mehr als zwanzig Jahre lang nicht bewußt gewesen waren. Niemand hatte mir etwas über ihn erzählt, und er starb, als ich sechs Jahre alt war, und doch haben die letzten ein oder zwei Jahre, dieser seltsame Spätsommer des Erinnerns, der uns in Zeiten der Muße überkommt, wenn die Kinder geboren sind und wir Zeit zum Nachdenken haben, bewirkt, daß ich ihn sehr gut kannte. Es ist ein eher unangenehmer Gedanke für Erwachsene, besonders für Eltern, denen er jedoch eine heilsame Zurückhaltung auferlegt, daß Kindern, obwohl sie nicht verstehen, was in ihrer Anwesenheit gesagt oder getan wird, sich auch nicht dafür interessieren und es vielleicht sofort und für Jahre vergessen, sich gleichwohl diese Dinge, die sie gesehen und gehört und nicht beachtet, für immer eingeprägt haben. Sie drängen sich ihnen, wenn sie Männer und Frauen geworden sind, mit überraschender und manchmal schmerzlicher Deutlichkeit auf, und alle die gehüteten kleinen Illusionen stieben in Scharen davon.

Ich hatte enorme Hochachtung vor meinem Großvater. Er war nie zärtlich und runzelte oft die Stirn, und solche Menschen werden im allgemeinen hoch geachtet. Außerdem war er ein gerechter Mann, das sagte jeder, ein Mann, der, hätte er es gewollt, zu Größe und auf den Gipfel weltlichen Ruhms hätte gelangen können. Daß er es nicht gewollt hat, hielt man für einen überzeugenden Beweis seiner Größe, denn er war einfach zu groß, um im ordinären Sinn groß zu sein, und hüllte sich in die Würde seiner Abgeschiedenheit und seiner Möglichkeiten. Das glaubten jedenfalls die einfachen Leute in seiner Umgebung, als die Zeit verstrich und er immer noch nichts unternahm. Die Menschen müssen an jemanden glauben, und nachdem sie in den vielversprechenden Jahren um die dreißig ihren Glauben an meinen Großvater geheftet hatten, war es bequemer, ihn dort auch zu lassen. Bis zu meinem sechsten Jahr beherrschte er unser Familienleben und achtete darauf, daß wir uns alle benahmen, und dann starb er, und wir waren alle froh, daß er im Himmel sein sollte. Er war ein guter Deutscher (und wenn Deutsche gut sind, sind sie sehr gut), der die Gebote hielt, für die Regierung stimmte, preisgekrönte Kartoffeln und unzählige Schafe züchtete und einmal im Jahr nach Berlin fuhr, wohin ihn eine Prozession von Wagen mit der Schafwolle begleitete, die er auf dem jährlichen *Wollmarkt* verkaufte. Anschließend tobte er sich ein paar Tage lang in Maßen aus und brachte dann den größten Teil des Gewinns nach Haus, ging so oft wie möglich zur Jagd, half seinen Freunden, bestrafte seine Kinder, las seine Bibel, sprach seine Gebete und war ehrlich erstaunt, als seine Frau sich dazu verstieg, an gebrochenem Herzen zu sterben. Ich will nicht so tun, als könnte ich dieses Verhalten erklären. Natürlich hätte sie im Besitz eines so guten Mannes glücklich sein sollen. Aber gute Männer sind manchmal bedrückend, und einen davon bei sich zu Hause zu haben und täglich im Glanz seiner Güte zu leben muß ungeheuer schwer gewesen sein. Nachdem sie ihm sieben Söhne und drei Töchter geboren hatte, starb also meine Großmutter auf die beschriebene Weise und lieferte, so mein Großvater, einen weiteren und sehr merkwürdigen Beweis für die Unmöglichkeit, bei Frauen jemals zu wissen, woran man ist. Der Vorfall verblaßte freilich in seinem Gemüt schneller, als es sonst der Fall gewesen wäre, da er mit der Züchtung einer neuen Kartoffelsorte zusammenfiel, auf die er mit Recht stolz war. Er nannte sie »*Trost in Trauer*« und zitierte die Heilige Schrift mit »*Auge um Auge, Zahn um Zahn*«, worauf er das Hinscheiden seiner Frau nie mehr erwähnte. In seinen letzten Lebensjahren, als mein Vater den Besitz verwaltete und er nur noch bei uns lebte und alles kritisierte, kam er allmählich in den Ruf eines Orakels. Zu Beginn jeder wichtigen Lebensphase schickten ihm die Nachbarn ihre Söhne, und er empfing sie in eben dieser Laube und erteilte ihnen seine ausführlichen Ratschläge mit tiefer Stimme, die im Gebüsch widerhallte und mich beim Spielen mit einem unbestimmten Schuldgefühl erfüllte. Ich hockte in den Büschen und spielte, aus Angst, ihn zu stören, stumme

Spiele. Dabei dachte ich, er müsse laut vorlesen, so ununterbrochen war die Monotonie seines majestätischen Dröhnens. Die jungen Männer pflegten schweißgebadet herauszukommen, ganz zerstochen von den Mücken und mit verstörtem Blick; und wenn sie den Eindruck, den die Rede meines Großvaters und seine Persönlichkeit auf sie machten, überwunden hatten, vergaßen sie zweifellos alles, was er gesagt hatte, mit gesunder Geschwindigkeit und machten sich an die interessante und notwendige Arbeit, eigene Erfahrungen zu erwerben. Einmal ereignete sich allerdings etwas Furchtbares, dessen unmittelbare Folge das abrupte Ende der langen und engen Freundschaft zwischen uns und unserem nächsten Nachbarn war. Dessen Sohn wurde in die Laube geschickt und verließ sie in der üblichen Weise, und entweder muß er in der kritischen halben Stunde nach dem Kaffee und vor der *Kreuzzeitung* gekommen sein, in der mein Großvater gewohnt war, sein Nickerchen zu machen, oder er brachte mehr Mut auf als die anderen und versuchte, selbst etwas zu sagen, denn nach sehr kurzer Zeit hörte ich, da ich wie immer ganz in der Nähe spielte, die Stimme meines Großvaters in einer Lautstärke, die mich erzittern und mein Spiel unterbrechen ließ, mit mächtigem Zorn ausrufen: »*Hebe dich weg von mir, Sohn des Satans!*« Das war der ganze Rat, der speziell diesem jungen Mann zuteil wurde, und den nahm er sich eilig zu Herzen, denn er trat zwischen den Büschen hervor, und obwohl sein Gesicht sehr blaß war, spielte etwas um seine Mundwinkel, das mich beruhigte.

Das muß sich knapp vor dem Lebensende meines Großvaters ereignet haben, denn fast sofort danach, so scheint es mir heute, starb er – vor der Zeit –, weil er Krabben, eine Speise, die ihm noch nie bekömmlich gewesen war, gegessen hatte, trotz der Warnung seines Arztes, wenn er es tue, werde er sterben. »Was? Mich sollen die Krabben unterkriegen?« fragte er den Doktor empört, denn abgesehen davon, daß er sie lieber mochte als alles andere, hatte er sich bisher noch nie von etwas unterkriegen lassen. »Nein, mein Herr, das ist ein zu ungleicher Kampf – ich bitte Sie, versuchen Sie es nicht noch einmal«, erwiderte der Arzt. Aber mein Großvater bestellte noch am selben Abend Krabben zum Essen und ging zu Tisch mit den leuchtenden

Augen eines Mannes, der entschlossen ist, zu siegen oder zu sterben. Die Krabben siegten, und er starb. »Er war ein gerechter Mann«, sagten die Nachbarn, mit Ausnahme des nächsten, der früher sein bester Freund gewesen war, »und hätte ein großer Mann sein können, wenn er es gewollt hätte.« Sie begruben ihn mit tiefem Respekt, und der Sonnenschein brach plötzlich bei uns zu Hause aus, und die Vögel waren nicht mehr die einzigen Geschöpfe, die sangen, und die Laube, vormals ein Tempel delphischer Sprüche, sank zu einer Heimstatt für Schnecken herab.

II

Über die Merkwürdigkeit des Lebens nachdenkend, über den unweigerlichen Triumph des Kleinen und Unbedeutenden über das Große und Bedeutende, hier und jetzt demonstriert durch den in der Laube so leicht vonstatten gegangenen Wechsel von Großvätern zu Schnecken, folgte ich langsam der nächsten Biegung des Pfads und kam zu dem breiten Weg, der an der Südseite der hohen Mauer entlangführte, welche den Blumengarten vom Küchengarten trennte und eine geschützte Lage ergab, wo mein Vater seine schönsten Blumen gehegt hatte. Hier waren die Verwandten an der Arbeit gewesen: alle Kletterrosen, welche die Wand mit ihrer Schönheit bedeckten, waren verschwunden, und an ihrer Stelle standen einige sauber gestutzte Obstbäume, ordentlich an den richtigen Stellen an der Mauer befestigt. Offensichtlich kannten die Verwandten den Wert des warmen Fleckens, denn unten auf dem Beet, das zur Zeit meines Vaters in diesem Monat November mit

Goldlack bepflanzt war, der im Frühling seinen Duft über den Weg verbreitete, standen in dichten Reihen – ich bückte mich, um genau hinzusehen –, ja, in dichten Reihen Radieschen. Beim Anblick dieser Radieschen füllten sich meine Augen mit Tränen, und das war vermutlich das einzige Mal, daß Radieschen irgendwen zu Tränen rührten. Mein lieber Vater, den ich so leidenschaftlich liebte, hatte seinerseits dieses spezielle Beet leidenschaftlich geliebt und die freien Augenblicke seines arbeitsreichen Lebens damit verbracht, sich an den Blumen, die er dort zog, zu erfreuen. Er hatte selbst keine Zeit, sich näher mit Gärtnerfreuden zu befassen, er gab nur an, welche Pflanzen gesetzt werden sollten, fand aber Erholung von seinem Tagewerk, indem er hier auf und ab ging oder so nah wie möglich bei den Blumen saß und rauchte. »Es ist die reinste menschliche Freude, es ist die größte Erfrischung des menschlichen Geistes«, zitierte er, denn er las neben der *Kreuzzeitung* noch andere Dinge und sah sich, wenn er diesen duftenden Hafen nach einem heißen Tag auf den Feldern erreichte, mit Befriedigung um. Nun, die Verwandten dachten nicht so. Weniger phantasievoll, dafür vernünftiger, wie sie es vermutlich ausgedrückt hätten, nahmen sie schlicht den Standpunkt ein, Blumen kann man nicht essen. Ihr Geist brauchte keine Erfrischung, ihr Körper hingegen viel, und deshalb waren die Radieschen mehr wert als Goldlack. Nicht, daß es meiner Jugend gänzlich an Radieschen gemangelt hätte, aber sie wuchsen im dezenten Dunkel irgendwelcher Ecken im Küchengarten in alten Mistbeeten, die ursprünglich für Gurken bestimmt waren, und man hätte ihnen nie gestattet, zwischen den Blumen zu stehen. Und nur weil ich kein Junge war, entweihten sie jetzt den Boden, der einst solche Herrlichkeiten hervorgebracht hatte. O was für ein schreckliches Mißgeschick, daß ich kein Junge war! Und wie traurig und einsam war es in diesem geisterhaften Garten. Das Radieschenbeet und das, was es symbolisierte, hatte meine erste Freude in Kummer verwandelt. Dieser Weg und das Beet erinnerten mich zu sehr an meinen Vater und alles, was er mir bedeutet hatte. Was an Gutem ich wußte, hatte er mich gelehrt, und was an Glück ich besaß, kam von ihm. Nur einmal während der Zeit, die wir zusammenlebten, waren wir verschiedener Meinung gewesen und hatten uns gestritten, und es war das einzige Mal, daß ich ihn unerbittlich erlebte.

Ich war vier Jahre alt und verlangte eines Sonntags, mit in die Kirche genommen zu werden. Mein Vater sagte nein, weil ich niemals zuvor mit in der Kirche gewesen war, und der deutsche Gottesdienst ist lang und anstrengend. Ich bettelte. Er sagte noch einmal nein. Ich bettelte wieder und zeigte so viel frommen Drang und ernste Entschlossenheit, mich gut zu benehmen, daß er nachgab und wir uns glücklich Hand in Hand auf den Weg machten. »Hör zu, Elizabeth«, sagte er, als er sich mir an der Kirchentür zuwandte, »hier kann man nicht mittendrin rausgehen. Du hast darauf bestanden, mitgenommen zu werden, und du wirst jetzt geduldig bis zum Ende stillsitzen.« »O ja, o ja«, versprach ich eifrig und ging, von heiligem Feuer erfüllt, hinein. Die Kürze meiner Beine, die zwei Stunden lang hilflos zwischen Bank und Boden baumelten, war das Werkzeug, das Satan zu meiner Vernichtung gewählt hatte. In deutschen Kirchen kniet man nicht und steht nur selten, vielmehr sitzt man fast die ganze Zeit und betet und singt ganz gemütlich. Doch wenn man vier Jahre alt ist, wird diese unveränderte Haltung bald zur Qual. Unbekannte und fürchterliche Dinge gehen in deinen Beinen vor, ein seltsames Prickeln und Kribbeln und Stechen oben und unten, eine plötzliche furchterregende Taubheit, und wenn du denkst, jetzt müßten sie abgefallen sein, aber zu ängstlich bist, hinzugucken, kommt ein noch stärkeres erneutes Prickeln und Stechen und Brennen. Ich dachte, ich müßte sehr krank sein, weil meine Beine so etwas noch nie gemacht hatten. Mein neben mir sitzender Vater war vertieft in den Choralgesang, der offenbar kein Ende nahm. Jeder Vers mündete in ein lang ausgedehntes Halleluja, danach spielte die Orgel hundert Jahre lang allein – nach der Uhr des Organisten, die falsch ging, exakt zwei Minuten –, und dann begann ein anderer Vers. Mein Vater als Patron der Dorfbewohner achtete darauf, mit vorbildlicher Aufmerksamkeit zu singen, zu beten und der Predigt zu lauschen. Er war sich bewußt, daß jedes Auge in der kleinen Kirche auf unsere Bank gerichtet war, und zuerst versuchte ich, es ihm nachzutun. Aber das Verhalten meiner Beine wurde allmählich so alarmierend, daß ich, nachdem ich ihm vergebens flehende Blicke zugeworfen hatte und sah, wie er ungerührt weitersang, meine Hand ausstreckte und ihn am Ärmel zog.

»Hal-le-lu-ja«, sang mein Vater absichtlich laut und fuhr dann mit leiserer Stimme fort, ohne seinen Gesichtsausdruck zu ändern – seine Lippen bewegten sich kaum, und seine Augen waren abwesend auf die Decke gerichtet, bis der Organist, der zugleich auch der Briefträger war, sein Solo beendet hatte: »Habe ich dir nicht gesagt, du sollst stillsitzen, Elizabeth?«

»Ja, aber ... «

»Dann tu es auch.«

»Aber ich will nach Hause.«

»*Unsinn.*« Und da der nächste Vers begann, sang mein Vater lauter als je zuvor. Was sollte ich tun? Sollte ich weinen? Mich überkam die Angst, ich müsse auf dieser Bank sterben, so ungewöhnlich waren die Gefühle in meinen Beinen. Was konnte mein Vater machen, wenn ich weinte? Mit dem wachen Instinkt kleiner Kinder spürte ich, daß er mich in der Kirche nicht in die Ecke stellen konnte, und er würde mich auch nicht in der Öffentlichkeit, wenn das ganze Dorf zuschaute, schlagen – er war also wehrlos und würde nachgeben müssen. Deshalb zupfte ich ihn noch einmal und nachdrücklicher am Ärmel und war im Begriff, mit lauter Stimme zu fordern, er solle mich augenblicklich wegbringen. Doch mein Vater durchschaute mich. Ohne den Gesang zu unterbrechen oder seinen andächtigen Ausdruck zu ändern, senkte er langsam seine Hand und kniff mich – kein spielerisches Kneifen, sondern ein starkes, unmißverständliches, wie ich es nie für möglich gehalten hatte. Und dann ging er heiter zum nächsten Halleluja über. Sekundenlang war ich versteinert vor Staunen. War das mein nachgiebiger Vater, mein Spielgefährte, Bewunderer und Freund? Vor Schmerz zusammenzuckend, denn ich war ein rundliches Kind mit hübsch glatter, strammer Haut und entsetzlich in meinen Gefühlen verletzt, öffnete ich den Mund, um richtig loszubrüllen, als das deutliche Flüstern meines Vaters an mein Ohr drang, jedes einzelne Wort klar und unmißverständlich, seine Augen wie bisher nachdenklich ins Weite gerichtet und seine Lippen kaum bewegt: *»Elizabeth, wenn du schreist, kneife ich dich, bis du* *platzt.*« Und er beendete mit gelassenem Anstand den Vers:

Will Satan mich verschlingen,
so laß die Englein singen
Halleluja.

Wir hatten nie wieder eine Meinungsverschiedenheit. Bis dahin war er mein williger Sklave gewesen, und von nun an war ich der seine.

Mit einem Lächeln und einem Schauder wandte ich mich von dem Beet und seinen Erinnerungen ab und der Tür in der Mauer zu, die in den Küchengarten führte, wo früher in einer Ecke mein eigener kleiner Garten gewesen war. Die Tür war offen, und ich stand einen Augenblick still, bevor ich hindurchging, um mit angehaltenem Atem zu lauschen. Die Stille war so tief wie zuvor. Der Ort schien verlassen, und ich hätte meinen können, das Haus sei leer und verschlossen, wären da nicht die sorgfältig gezogenen Radieschen gewesen und frische Fußabdrücke auf dem Grün des Wegs. Es waren Fußspuren von einem Kind. Ich beugte mich nieder, um einen besonders deutlichen zu betrachten, als das laute Krächzen einer äußerst gelangweilt blickenden Krähe, die direkt über meinem Kopf auf der Mauer saß, mich aufschreckte, wie ich selten in meinem Leben aufgeschreckt bin, und mich daran erinnerte, daß ich ein Eindringling war. Meine Nerven waren eindeutig ruiniert, denn ich raffte meine Röcke und floh durch die Tür, als sei eine ganze Armee von Geistern und Verwandten mir auf den Fersen, und ich hielt nicht an, bevor ich nicht jenen entfernten Winkel erreicht hatte, wo mein Garten gewesen war. »Macht es dir Spaß, Elizabeth?« fragte der Spottgeist, der sich meine Seele nennt; aber ich war zu sehr außer Atem, um zu antworten.

In dieser Ecke war ich wirklich in Sicherheit. Sie war vom Hauptgarten und vom Haus durch die Mauer getrennt und auf der Nordseite vom Obstgarten begrenzt, und es war höchst unwahrscheinlich, daß an einem solchen Nachmittag irgendwer dorthin kommen würde. Dieses Stückchen Boden, das man nun, wie ich sah, in einen Steingarten verwandelt hatte, war einst der Schauplatz meines unermüdlichen Werkelns gewesen. In die kalte Erde dieses Nordbeets, auf das niemals die Sonne schien, hatte ich meine schönsten Hoffnungen eingegraben. Mein ganzes Taschengeld wurde dafür ausgegeben, und da die Blumenzwiebeln teuer waren und das, was ich in der Woche bekam, so wenig war, hatte ich mir in einer verhängnisvollen Stunde etwas von Fräulein Wundermacher geborgt, ihr meine Freiheit verkauft und mich ganz in ihre Macht begeben. Infolgedessen war ich gezwungen, bis zu meinem nächsten Geburtstag in ihrer Gegenwart eine unnatürliche Verbindlichkeit in Sprache und Benehmen an den Tag zu legen, gegen die meine Seele aufbegehrte. Und am Ende kam doch nichts heraus. Die Mühe des Grabens und Gießens, der ängstliche Eifer, mit dem ich mich auf jedes Unkraut stürzte, das Grübeln über Gartenbüchern, die Pläne, die ich machte, wenn ich auf der kleinen Bank in der Mitte saß und bewundernd mit gläubigen Augen die ordentliche Erdfläche ansah, die alsbald mit tausend Blumen geschmückt sein würde, das rücksichtslose Ausgeben der *Pfennige*, das Demütigende meiner Lage gegenüber Fräulein Wundermacher – alles, alles war umsonst gewesen. Hier kam keine Sonne hin, und hier wuchs nichts. Der Gärtner, in jenen Tagen ein unbeschränkter Herrscher, hatte mir dieses große Beet nur aus einem einzigen Grund überlassen: weil er selbst nichts damit anfangen konnte. Zweifellos war er der Auffassung, es sei gerade gut genug für ein Kind zum Experimentieren, und nachdem ich ihm meine überschwengliche Dankbarkeit ausgedrückt hatte, ging er mit unbewegter Miene seiner Wege. Über ein Jahr lang arbeitete und wartete ich und beobachtete das Gedeihen des blühenden Obstgartens gegenüber mit Staunen. Der Obstgarten war nur ein paar Meter entfernt, und doch, obwohl mein Garten gedüngt und gegossen und gepflegt wurde, wie es bei dem Obstgarten nie geschah, waren ein paar unselige Ansätze von Wachstum alles, was er vorzuweisen hatte, und die blieben entweder unentwickelt und brachten keine Blumen hervor oder sie verwelkten wieder und verschwanden. Einmal fragte ich schüchtern den Gärtner, ob er diese Zeichen und Wunder erklären könnte, doch er war sehr beschäftigt und hatte keine Zeit, Fragen zu beantworten. Also teilte er mir nur kurz mit, Gärtnern sei nicht an einem Tag zu erlernen. Wie gut ich mich an diesen Tag erinnerte, sogar an die Form der trägen Wolken und die Frühlingsgerüche und wie ich selbst eingeschüchtert davonging und auf der wackligen Bank in meinem Reich saß und mich zum hundertsten Mal fragte, was denn der Unterschied zwischen meinem Beet und dem Stück Obstgarten vor mir war. Die Obstbäume, weit genug von der Mauer entfernt, das heißt außerhalb der Reichweite ihres kalten Schattens, wiegten ihre blütenbeladenen Kronen so sorglos und zufrieden im Sonnenschein, daß Neid mein Herz erfüllte. In dem Feld hinter ihnen war eine kleine Anhöhe, und am Fuß dieses schützenden Abhangs schwelgten sie im unverschämten Glanz ihrer weißen und rosa Vollkommenheit. Es war Mai, und mein Herz blutete beim Gedanken an die Tulpen, die ich im November gesetzt und seither nicht wiedergesehen hatte. Der ganze übrige Garten flammte von Tulpen. Hinter mir, auf der anderen Seite der Mauer, standen sie in Reihen hintereinander, Kelche von durchsichtiger Lieblichkeit, ein juwelenbesetzter Ring rund um den Rasen. Aber was gab es nicht auf der anderen Seite der Mauer? Dort kam alles heraus und wuchs und blühte, genau wie es in meinen Gartenbüchern stand. Und vor mir, in dem fröhlichen Obstgarten, wucherten gar Pflanzen, die niemand gehegt und gepflegt oder auch nur beachtet hatte, vergnügt unter den Bäumen – Narzissen stießen ihre Speere durch das Gras, Krokusse äugten neugierig hervor, Schneeglöckchen enthüllten ihre kalten, kleinen Gesichter, wenn die ersten schaudernden Frühlingstage kamen. Nur auf meinem Beet, das ich so liebte, war es fortwährend häßlich und leer. Und an diesem strahlenden Tag saß ich da in Gedanken an diese Dinge und weinte laut.

Da kam ein Lehrling vorbei, ein Junge, den ich schon oft geschäftig hatte graben sehen; er nahm meine ungewohnten Tränen wahr und vielleicht fiel ihm der Unterschied zwischen meinem Garten und der üppigen Pracht ringsumher auf. Jedenfalls blieb er mit seiner Schubkarre auf dem Weg vor mir stehen und bemerkte, niemand könne erwarten, einen Stein zu erweichen.

Die offenkundige Unverständlichkeit dieser Feststellung ließ mich nur noch lauter weinen, bittere Tränen gekränkten Kummers. Aber er blieb bei seinem Standpunkt und hielt mir vom Weg aus einen Vortrag, erklärte mir den Zusammenhang von Nordmauern und Tulpen und Steinen, bis meine Tränen getrocknet waren und ich aufmerksam zuhörte, denn die Schlußfolgerung aus seinen Anmerkungen war schlicht, daß mich der Obergärtner, ein Mensch ohne Prinzipien, schändlich betrogen hatte, weswegen ich ihm für immer mißtrauen und aus dem Weg gehen mußte. Ich stand auf dem Weg, von dem aus mir der freundliche Lehrling sein Sprichwort verständlich gemacht hatte, und diese Szene stand plötzlich so klar vor mir, als wäre sie am heutigen Tag geschehen. Aber wie anders sah alles aus, und wieviel kleiner war es geworden! War dies der weite Obstgarten, der sich mit dem ansteigenden Feld dahinter bis an die Himmelstore zu erstrekken schien? Ich glaube, jedes Kind, das viel allein ist, durchlebt eine gewisse Zeit, in der es stündlich den Tag des Jüngsten Gerichts erwartet, und ich war mir sicher, daß an diesem Tag die himmlischen Heerscharen auf diesem Feld die Erde betreten würden, in leuchtenden Reihen die Anhöhe hinabströmend, die Narzissen unter ihren Füßen zertretend, den Obstgarten mit ihren Jubelgesängen erfüllend und freudig die Schafe von den Böcken scheidend. Natürlich war ich ein Schaf und meine Gouvernante und der Obergärtner Böcke, so daß das Ergebnis in jeder Hinsicht befriedigend ausfallen würde. Aber als ich jetzt hinauf zu dem Hügel blickte und mich an meine Visionen erinnerte, mußte ich über das kleine Feld lachen, von dem ich angenommen hatte, es könne den ganzen Himmel aufnehmen.

Auch hier wieder waren die Verwandten am Werk gewesen. Auf meinem Beet befand sich jetzt ein Steingarten, und das Gras im Obstgarten mit all seinen Schätzen war umgegraben worden. Zwischen den Bäumen hatte man in bewundernswert geraden Reihen Johannisbeerbüsche und Sellerie gepflanzt, so daß hier keine künftigen kleinen Verwandten von den himmlischen Heerscharen träumen konnten, die über Felder von Narzissen auf sie zukamen. Und vielleicht war es besser, daß sie solche Visionen nicht hatten, denn als ich älter wurde, griffen peinliche Zweifel mit kalten Fingern nach meinem Herzen, verschwommene Ungewißheiten, was die genaue Endposition des Gärtners und der Gouvernante betraf, angstvolle Fragen, wie es sein würde, wenn sie sich am

Ende als Schafe herausstellten, und ich als . . . ? Denn daß wir alle drei vielleicht einmal in derselben Herde Zuflucht finden würden, schien mir in jenen Tagen unmöglich, und hätte ich es mir vorstellen können, so wäre es mir nicht recht gewesen.

III

»Also was für eine Person könnte das sein«, fragte ich mich kopfschüttelnd, während ich die Veränderungen vor mir betrachtete, »die einen Steingarten zwischen Gemüse und Johannisbeerbüschen anlegt? Ein Steingarten braucht, mehr als alles andere in der Gartenwelt, bei seiner Behandlung außerordentliches Fingerspitzengefühl. Bei der Anlage eines Steingartens kann man leichter etwas falsch machen als bei irgendeinem anderen Gartenplan. Es wird entweder ein großer Erfolg oder ein großer Fehlschlag; er ist entweder ganz bezaubernd oder ganz absurd. Bei einem Steingarten gibt es nichts zwischen dem Erhabenen und dem Lächerlichen.«

Da stand ich und schüttelte mißbilligend den Kopf über den Steingarten vor mir, ganz in Gedanken, als plötzlich ein Fußgetrappel, das sich in Eile näherte, mich zusammenfahren ließ. Ich drehte mich erschrocken um, gerade noch rechtzeitig, um dem Anprall eines Körpers standzuhalten, der aus dem Nebel hervorstürzte und mich heftig anrempelte.

Es war ein kleines Mädchen von ungefähr zwölf Jahren.

»Hallo!« sagte das kleine Mädchen in ausgezeichnetem Englisch, und dann starrten wir uns gegenseitig verwundert an.

»Ich dachte, du wärst Miss Robinson«, sagte das kleine Mädchen, ohne sich dafür zu entschuldigen, daß es mich fast umgerannt hatte. »Wer bist du denn?«

»Miss Robinson? Miss Robinson?« wiederholte ich, den Blick fest auf das Gesicht des kleinen Mädchens geheftet, und unzählige Erinnerungen regten sich in mir. »Wie, hat sie nicht einen Missionar geheiratet und ist mit ihm irgendwohin gegangen, wo er aufgefressen wurde?«

Das kleine Mädchen starrte mich noch fester an. »Aufgefressen? Geheiratet? Was, war sie vielleicht die ganze Zeit verheiratet mit einem, der aufgefressen wurde, und hat es nie gesagt? Also, meine Güte, das ist ja was!« Und sie warf den Kopf zurück und lachte, bis es im Garten widerhallte.

»O still, du schlimmes kleines Mädchen!« beschwor ich sie und faßte sie, maßlos erschrocken über ihre laute Fröhlichkeit, beim Arm. »Mach doch nicht so fürchterlichen Krach – sie fangen uns bestimmt, wenn du nicht aufhörst . . .«

Das kleine Mädchen brach ihr kreischendes Gelächter mittendrin ab und machte mit einem Schnapp den Mund zu. Ihre Augen, rund und schwarz und glänzend wie Stiefelknöpfe, traten noch weiter hervor. »Fangen?« sagte sie begierig. »Was, hast du auch Angst, daß sie dich fangen? Na, das ist ja was!« Und die Hände tief in die Manteltaschen versenkt, zappelte sie mit wildem Vergnügen vor mir herum und erinnerte mich dabei an ein sehr dickes schwarzes Lamm, das um das benommene, regungslose Mutterschaf herumhüpft.

Es war klar, daß für mich die Zeit gekommen war, so rasch wie möglich zum Tor am Ende des Gartens zu laufen, und ich fing an, mich in diese Richtung zu bewegen. Das kleine Mädchen hörte sofort auf zu zappeln und stellte sich breitbeinig vor mich hin. »Wer bist du?« sagte es und musterte mich vom Hut bis zu den Stiefeln mit gespanntestem Interesse.

Ich hielt diese rüde Art, Fragen zu stellen, für unverschämt und versuchte, hochmütig dreinzusehen und seitlich an ihr vorbeizukommen.

Das kleine Mädchen aber sprang, fast wie ein Korken, schon wieder vor mich hin.

»Wer bist du?« wiederholte es mit freundlichem, aber entschlossenem Gesicht.

»Ach, ich – ich bin eine Pilgerin«, sagte ich verzweifelt.

»Eine Pilgerin!« gab das kleine Mädchen zurück. Es schien überrascht, und während es überrascht war, schlüpfte ich an ihm vorbei und ging rasch auf die Tür in der Mauer zu.

»Eine Pilgerin«, sagte das kleine Mädchen wieder, hielt sich dicht neben mir und sah mich von oben bis unten aufmerksam an.

»Ich mag keine Pilgerinnen. Sind das nicht Leute, die immer herumwandern und was mit den Füßen haben? Hast du was an den Füßen?«

»Ganz bestimmt nicht«, sagte ich ungehalten und ging noch schneller.

»Und sie waschen sich nie, sagt Miss Robinson. Du auch nicht, oder?«

»Nicht waschen? Also du – leider bist du ein

sehr ungezogenes kleines Mädchen. Laß mich in Ruhe – ich muß laufen . . .«

»Ich auch«, sagte das kleine Mädchen heiter, »denn Miss Robinson muß ganz dicht hinter uns sein. Gerade bevor ich dich gefunden habe, hat sie mich fast erwischt.« Und sie lief neben mir her.

Der Gedanke an Miss Robinson dicht hinter uns verlieh meinen Füßen Flügel, und indem ich meine Würde, von der ohnehin wenig übriggeblieben war, in den Wind schlug, flog ich förmlich den Pfad hinunter. Das kleine Mädchen ließ sich nicht abhängen und hielt sich, obwohl es keuchte und sich beängstigend verfärbte, dicht neben mir und sprach sogar weiter. Ach, ich war müde, müde an Körper und Seele, müde von den diversen Überraschungen, die mir zuteil geworden waren, müde von der Reise, müde, weil ich nichts zu essen hatte. Und war doch gezwungen zu laufen, weil dieses ungezogene kleine Ding sich lieber versteckte, als zum Unterricht zu gehen.

»Also, das ist lustig . . .«, stieß es hervor.

»Aber warum müssen wir in dieselbe Richtung rennen?« fragte ich atemlos, in der vergeblichen Hoffnung, es loszuwerden.

»O ja, das ist ja gerade – der Spaß. Wir verstehen uns – doch gut – wir zwei . . .«

»Nein, nein«, sagte ich, zwar verwirrt, aber in diesem Punkt fest entschlossen.

»Ich kann waschen – auch nicht ausstehen – es ist gräßlich – im Winter – kriegt man rauhe Haut davon.«

»Aber mir macht es nicht das geringste aus«, widersprach ich schwach – ich hatte einfach keine Kraft mehr.

»Na so was«, sagte das kleine Mädchen, schaute mir ins Gesicht und brach in schallendes Gelächter aus. Die Vertraulichkeit dieses kleinen Wesens war ganz und gar empörend.

Inzwischen waren wir durch die Tür gelangt, um die Ecke an den Radieschen vorbei, und befanden uns jetzt im Gebüsch. Aus Erfahrung wußte ich, wie leicht es war, sich in dem Gewirr von kleinen Pfaden zu verstecken, und hielt einen Augenblick an, um mich umzusehen und zu lauschen. Das kleine Mädchen öffnete den Mund, um zu sprechen.

Mit großer Geistesgegenwart drückte ich sofort meinen Muff davor und hielt fest, während ich horchte. Tödliche Stille, außer dem mühsamen Atmen und Zappeln des kleinen Mädchens.

»Ich kann nichts hören«, wisperte ich und ließ es wieder los. »Also, was wolltest du sagen?« fügte ich hinzu und sah es streng an.

»Ich wollte sagen«, keuchte es, »daß du nicht behaupten kannst, du wäschst dich – mit so einer Nase.«

»So einer Nase? Was für einer Nase?« rief ich beleidigt; und obwohl ich sie zart und sorgsam betastete, fand ich sie nicht anders als sonst. »Ich fürchte, die arme Miss Robinson hat es schwer mit dir«, sagte ich im Ton tiefen Abscheus.

Das kleine Mädchen lächelte geschmeichelt, als hätte ich ihm ein Kompliment gemacht. »Sie ist ganz grün und braun«, sagte es und zeigte mit dem Finger. »Ist sie denn immer so?«

Da fiel mir die nasse Kiefer am Tor ein und der hingerissene Kuß, den ich ihr gegeben hatte, und ich errötete.

»Geht es nicht ab?« beharrte das kleine Mädchen.

»Natürlich geht es ab«, antwortete ich, die Stirn runzelnd.

»Warum reibst du's dann nicht ab?«

Da erinnerte ich mich daran, wie ich das Taschentuch weggeworfen hatte, und wurde wieder rot.

»Bitte leih mir dein Taschentuch«, bat ich ergeben. »Ich – ich habe meins verloren.«

Nun begann ein großes Wühlen in sechs verschiedenen Taschen, und bereits der Anblick des Taschentuchs, das dabei zum Vorschein kam, machte mich wieder jung. Ich nahm das Taschentuch dankbar an und rieb energisch, wobei mir das kleine Mädchen mit gespanntem Interesse zusah und mir Ratschläge gab. »Da – jetzt ist es gut – ein bißchen mehr rechts – ja, da – jetzt ist alles weg.«

»Bist du sicher? Kein Grün mehr?« fragte ich ängstlich.

»Nein, jetzt ist sie überall rot«, erwiderte es munter.

»Laß mich nach Hause«, dachte ich, höchst irritiert von dieser Mitteilung, »laß mich nach Hause zu meinen lieben, unkritischen, bewundernden Kinderchen, die in meiner Nase ein Beispiel dafür sehen, wie eine Nase sein soll, und sie schön finden, egal, welche Farbe sie hat.« Und ich drückte dem kleinen Mädchen das Taschentuch in die Hand und eilte weiter den Pfad hinunter.

Es verstaute es hastig in der Tasche, aber das dauerte einige Sekunden, da es die Größe eines kleinen Bettuchs hatte, und dann kam es hinter mir her.

»Wo gehst du hin«, fragte es, als ich in den Weg einbog, der zum Tor führte.

»Durch dieses Tor«, wiederholte ich mit Entschiedenheit.

»Aber das darfst du nicht – es ist nicht erlaubt, da durchzugehen . . .«

Die Macht der alten Gewohnheiten an diesem Ort war so stark, daß bei den Worten »nicht erlaubt« automatisch meine Hand von der Klinke sank; und im selben Augenblick ließ mich eine Stimme, die ganz nah aus dem Nebel kam, erstarren.

»Elizabeth! Elizabeth!« rief die Stimme, »komm sofort zum Unterricht herein – Elizabeth! Elizabeth!«

»Das ist Miss Robinson«, flüsterte das kleine Mädchen, vor Aufregung blinzelnd; dann sagte es noch einmal, mir ins Gesicht schauend, mit heftigem Nachdruck: »WER bist du?«

»Ach, ich bin ein Geist!« rief ich mit Überzeugung, preßte die Hände an die Stirn und sah mich furchtsam um.

»Puh«, sagte das kleine Mädchen.

Es war die letzte Bemerkung, die ich von ihm hörte, denn im Gebüsch vernahm ich das Knarren näher kommender Stiefel, und von schrecklicher Panik ergriffen, riß ich verzweifelt das Tor auf, warf es hinter mir zu und floh auf und davon über die weiten, nebligen Felder.

IV

Im »Gotha« steht, daß der regierende Verwandte 1885 die Tochter eines Mr. Johnstone, eines Engländers, heiratete und daß 1886 ihr einziges Kind, Elizabeth, geboren wurde.

Zu dieser Ausgabe

insel taschenbuch 3258: Elizabeth von Arnim, Der Garten der Kindheit. Titel der englischen Originalausgabe: The Pious Pilgrimage. Erstveröffentlichung: Boston 1901. © Elizabeth von Arnim 1901, renewed 1996. Der Text folgt dem insel taschenbuch 2361: Elizabeth von Arnim, Der Garten der Kindheit. Aus dem Englischen von Leonore Schwartz. Insel Verlag Frankfurt am Main und Leipzig 1997. © der deutschen Übersetzung Suhrkamp Verlag Frankfurt am Main 1996. Umschlagabbildung: Joaquín Sorolla Bastida, Beim Seilspringen, 1907. Museo Sorolla, Madrid.

Elizabeth von Arnim im Insel Verlag

Alle meine Hunde. Roman. Übersetzt von Karin von Schab. it 1502. 177 Seiten. it 2369. Großdruck. 207 Seiten

April, May und June. Übersetzt von Angelika Beck. Mit einem Nachwort von Kirsten Jüngling und Brigitte Roßbeck. it 1722. 88 Seiten

Ein Chalet in den Bergen. Roman. Übersetzt von Angelika Beck. 257 Seiten. Gebunden. it 2114. 260 Seiten

Christine. Roman. Übersetzt von Angelika Beck. it 2211. 223 Seiten

Einsamer Sommer. Roman. Übersetzt von Leonore Schwartz. 150 Seiten. Gebunden

Elizabeth und ihr Garten. Roman. Übersetzt von Adelheid Dormagen. Gebunden und it 1293. 131. Seiten.

Der Garten der Kindheit. Übersetzt von Leonore Schwartz. it 3258. 80 Seiten

In ein fernes Land. Roman. Übersetzt von Angelika Beck. Gebunden und it 1927. 518 Seiten

Jasminhof. Roman. Übersetzt von Helga Herborth. it 2292. 402 Seiten

Priscilla auf Reisen. Roman. Übersetzt von Schamma Schahadat. 344 Seiten. Gebunden

NF 68/1/1.07

Die Reisegesellschaft. Roman. Übersetzt von Angelika Beck. Gebunden und it 3259. 372 Seiten

Sallys Glück. Roman. Übersetzt von Schamma Schahadat. it 1764. 352 Seiten

Tage des Glücks. Ausgewählt von Adelheid Dormagen. it 3260. Etwa 150 Seiten.

Vera. Roman. Übersetzt von Angelika Beck. 334 Seiten. Gebunden. it 1808 und it 2294. 335 Seiten

Verzauberte Gärten. Geschenkausgabe in vier Bänden. 683 Seiten. Paperback mit Dekorüberzug im Schuber
- Band 1: Elizabeth und ihr Garten
- Band 2: Einsamer Sommer
- Band 3: Der Garten der Kindheit. April, May und June
- Band 4: Verzauberter April

Verzauberter April. Roman. Übersetzt von Adelheid Dormagen. 274 Seiten. Gebunden und it 3257. it 2346. Großdruck. 370 Seiten

Weihnachten. Ausgewählt und übersetzt von Angelika Beck. Großdruck. it 2406. 128 Seiten

NF 68/2/1.07

»Freude am Garten«
im Insel Verlag
Eine Auswahl

Alpenblumen im Frühling. Nachwort und kolorierte Holzschnitte von Josef Weisz. Erläuterungen von Gerd Müller. IB 1142. 62 Seiten

Elizabeth von Arnim
- Elizabeth und ihr Garten. Roman. Aus dem Englischen von Adelheid Dormagen. Leinen und it 2291. 131 Seiten
- Der Garten der Kindheit. Übersetzt von Leonore Schwartz. it 2361. 80 Seiten

Bäume. Gedichte und Prosa. Ausgewählt von Gottfried Honnefelder. it 1811. 282 Seiten

Marianne Beuchert
- Gärten am Reiseweg. Von Irland bis Portugal. Mit farbigen Fotografien von Marion Nickig. 160 Seiten. Gebunden
- Die Gärten Chinas. it 2195. 280 Seiten
- Symbolik der Pflanzen. Von Akelei bis Zypresse. Mit 101 Aquarellen von Maria-Therese Tietmeyer. 391 Seiten. Leinen

Blütenzauber. Die schönsten Blumengedichte. Ausgewählt von Gesine Dammel. Mit farbigen Fotografien. it 2422. 150 Seiten

José Maria Eça de Queiroz. Die Rose. Mit zehn farbigen Bildern von Marion Nickig. IB 1177. 55 Seiten

NF 56/1/3.03

Esther Gallwitz

- Kleiner Kräutergarten. Kräuter und Blumen bei den Alten Meistern im Städel. it 1818. 257 Seiten
- Schneewittchens Apfel. Pflanzen in Grimms Märchen. Mit farbigen Aquarellen von Maria-Therese Tietmeyer. it 2530. 180 Seiten

Mit Goethe durch den Garten. Ein ABC für Gartenfreunde. Herausgegeben von Claudia Schmölders. Illustrationen von Hans Traxler. it 1211. 137 Seiten

Willi Harwerth

- Das kleine Baumbuch. Die deutschen Waldbäume. Geleitwort von Friedrich Schnack. Farbige Bilder von Willi Harwerth. IB 316. 68 Seiten
- Das kleine Kräuterbuch. Einheimische Heil-, Würz- und Duftpflanzen, nach der Natur gezeichnet von Willi Harwerth. Mit einer kleinen Kräuterkunde von Friedrich Schnack und Erläuterungen von Sandro Limbach. Mit 36 Bildtafeln. IB 269. 70 Seiten

Hermann Hesse

- Bäume. Betrachtungen und Gedichte. Mit farbigen Fotografien von Pieter Jos van Limbergen. Herausgegeben von Volker Michels. it 2378. 184 Seiten
- Freude am Garten. Betrachtungen, Gedichte und Fotografien. Herausgegeben und mit einem Nachwort versehen von Volker Michels. it 2204. 240 Seiten
- Im Garten. Betrachtungen und Gedichte. Auswahl und Nachwort von Volker Michels. it 1329. 240 Seiten
- Jahreszeiten. Betrachtungen, Gedichte und Aquarelle. Zusammengestellt von Volker Michels. it 2339. 131 Seiten

NF 56/2/3.03

- Schmetterlinge. Betrachtungen, Erzählungen, Gedichte. Zusammengestellt und mit einem Nachwort versehen von Volker Michels. Mit zahlreichen Illustrationen. it 2424. 160 Seiten
- Stunden im Garten. Der lahme Knabe. Zwei Idyllen. Mit Zeichnungen von Gunter Böhmer. IB 999. 124 Seiten
- Vogel. Ein Märchen. Illustriert von Gunter Böhmer. Mit einem Nachwort von Volker Michels. it 2399. 80 Seiten
-

Hinter Mauern ein Paradies. Der mittelalterliche Garten. Herausgegeben von Peter C. Mayer-Tasch/Bernd Mayerhofer. IB 1184. 111 Seiten

Marie Luise Kaschnitz. Der alte Garten. Ein Märchen. it 2394. 278 Seiten

Rudolf Koch. Das kleine Blumenbuch. 58 farbige Zeichnungen von Rudolf Koch in Holz geschnitten von Fritz Kredel. IB 281. 58 Seiten

Luzie Krolow. Gartenzauber. 32 Blumen- und Kräuterminiaturen. it 1718. 142 Seiten

Katherine Mansfield. Das Gartenfest und andere Erzählungen. Aus dem Englischen von Heide Steiner. it 1724. 232 Seiten

Maria Sibylla Merian
- Das Insektenbuch. Metamorphosis Insectorum Surinamensium. Nachdruck der 1707 in Amsterdam erschienenen Ausgabe nach dem Exemplar der Sächsischen Landesbibliothek zu Dresden. Begleittext von Helmut Deckert. Mit 60 Bildtafeln. Leinen. 164 Seiten. it 2870. 168 Seiten

NF 56/3/3.03

- Neues Blumenbuch. Nachdruck der 1680 in Nürnberg erschienenen Ausgabe nach dem Exemplar der Sächsischen Landesbibliothek in Dresden. Begleittext von Helmut Deckert. Leinen und it 2927. 160 Seiten.

Anna Pavord. Die Tulpe. Eine Kulturgeschichte. Übersetzt von Sven Dörper und Thomas Wollermann. Mit farbigen Abbildungen. Gebunden. 439 Seiten. it 2881. 288 Seiten.

Hermann Fürst von Pückler-Muskau. Andeutungen über Landschaftsgärtnerei. Herausgegeben von Günter J. Vaupel. it 1024. 377 Seiten

Rainer Maria Rilke. In einem fremden Park. Gartengedichte. Mit Fotografien von Marion Nickig. Zusammengestellt von Marianne Beuchert. IB 1129 und it 1820. 77 Seiten.

Die Rose. Gedichte und Prosa. Ausgewählt von Beatrix Müller-Kampel. Mit farbigen Fotografien. it 2619. 187 Seiten

Roter Mohn. Texte und Bilder. Auswahl und Nachwort von Gisela Linder. IB 1183. 72 Seiten

Johannes Roth
- Gartenlust. Mit farbigen Fotografien von Marion Nickig. it 1390. 249 Seiten
- Gartenlust-Kalender. Immerwährender Kalender. it 2210. 160 Seiten
- Die neue Gartenlust. Mit farbigen Fotografien von Marion Nickig. it 1571. 166 Seiten

Schmetterlinge. Geschichten und Gedichte. Auswahl von Simone Frieling. it 2882. 220 Seiten

NF 56/4/3.03

Siegfried Unseld. Goethe und der Ginkgo. Ein Baum und ein Gedicht. Mit Abbildungen. IB 1188 und it 2475. 112 Seiten

Von Fliegen und Menschen. Geschichten und Gedichte. Ausgewählt von Margit Wyder. it 2933. 250 Seiten

Die vier Jahreszeiten. Gedichte und Prosa. Vier Bände einzeln:
- Das Frühlingsbuch. Herausgegeben von Hans Bender und Nikolaus Wolters. it 2201. 233 Seiten
- Das Sommerbuch. Herausgegeben von Hans Bender. it 847. 230 Seiten
- Das Herbstbuch. Herausgegeben von Hans Bender. it 657. 262 Seiten
- Das Winterbuch. Herausgegeben von Hans Bender und Hans Georg Schwark. it 728. 252 Seiten

NF 56/5/3.03

»Durch das Jahr«

Anthologien
im insel taschenbuch

Die Rose. Herausgegeben von Beatrix Müller-Kampel. Mit farbigen Fotografien. it 2619. 179 Seiten

Frische Feigen. Ein literarischer Früchtekorb. Gepflückt von Hans Ulrich Hirschfelder. it 2646. 192 Seiten

Frohe Ostern. Geschichten und Gedichte. Herausgegeben von Franz-Heinrich Hackel. Großdruck. it 2372. 214 Seiten

Ostern in Rom. Herausgegeben von Stefan Janson. it 2596. 234 Seiten

Das Frühlingsbuch. Gedichte und Prosa. Herausgegeben von Hans Bender und Nikolaus Wolter. it 914. 238 Seiten

Das Sommerbuch. Gedichte und Prosa. Herausgegeben von Hans Bender. it 847. 230 Seiten

Das Herbstbuch. Gedichte und Prosa. Herausgegeben von Hans Bender. it 657. 262 Seiten

Das Winterbuch. Gedichte und Prosa. Herausgegeben von Hans Bender und Hans Georg Schwank. it 728. 252 Seiten

Das Gartenbuch. Gedichte und Prosa. Ausgewählt von Hans Bender. Mit farbigen Fotografien. it 1803. 273 Seiten

Lektüre im Garten. Ausgewählt von Franz-Heinrich Hackel. it 1967. 290 Seiten

NF 17/1/5.02

Meine erste Reise. Sechzehn wahre Geschichten. Herausgegeben von Hans Scherer. it 2196. 197 Seiten

Sommerliebe. Zärtliche Geschichten für den Reisekoffer, gepackt von Franz-Heinrich Hackel. it 1596. 350 Seiten

Warum in die Ferne? Das Lesebuch für Daheimgebliebene. Ausgewählt von Hans Christian Kosler. it 2832. 200 Seiten

Schwimmen. Texte und Bilder. Herausgegeben von Gisela Linder. it 2523. 140 Seiten

Narrenzeit. Geschichten und Bilder von argen Schelmen, seltsamen Käuzen und buntscheckigem Volk. Herausgegeben von Walter Gerlach. it 2274. 271 Seiten

Das Regenbuch. Herausgegeben von Simone Frieling. it 2579. 215 Seiten

Die Sonne. Das Lesebuch für Sommertage. Ausgewählt von Simone Frieling. it 2831. 230 Seiten

Wolken. Gedanken des Himmels. Gedichte, Prosa und farbige Bilder. Ausgewählt von Charitas Jenny-Ebeling. it 1871. 246 Seiten

NF 17/2/5.02